슬픈 시의 침묵이 올 때까지

슬픈 시의
침묵이
올 때까지

사랑하는 당신의 품은
정말 위대합니다
내 고픔을 채워
더 울잖게 했으니까요

고상돈 시집

생각나눔

시집을 내며

　　　　문단에 발을 디디며 「슬픈 시의 침묵이 올 때까지」라는 시를 끄적이면서 시집을 내게 된다면 첫 시집의 명칭을 '슬픈 시의 침묵이 올 때까지'로 하겠다 했던 것이 시인이란 명함 한 장 박아내듯 스스로에게 했던 다짐에 답을 하며 세상에 펼쳐봅니다.

　울며 보채는 아이에게 젖을 물리듯 세상 속 아픔과 고픔에 부족하나마 공감하며 함께 울음으로써 보다 나은 세상을 향하고자 했던 다짐이었지만, 새들의 지저귐을 우리는 '새가 운다.'라고 하지만 서양의 경우 '새가 노래한다.'라고 하듯 세월을 좀 더 살아보면서 보고 듣는 것이라 하여 그 모든 것이 진실과 부합된다 할 수 없고, 그 반대의 것 또한 그러할 수 있음을 보면서 세상은 관점에 따라 달리 보일 수도 있음을 보았습니다.

그러나 분명한 것은 우리 삶 속 부조리한 것들에 대한 울음으로써 질타가 있었기에 반성과 개선이 뒤따랐다는 것이며 혹여 보이는 것이 진실과 상반됐다 하더라도 보이는 모습의 부정적인 현상 자체에 대한 질타만으로도 우리 삶이 한 걸음 더 나은 삶과 정의에 다가섰었지 않았나 싶습니다.

삶 속 슬픔이란, 삶에서 마주하게 되는 포괄적 개념이지만 그렇다고 고착화된 불변의 개념이 아니라 이를 배격하거나 극복하게 해주는 것들 또한 우리 곁에 존재하더군요.
나눔과 희망, 용서와 감사, 그리고 무엇보다 사랑과 축복이 우리 삶 곁에 함께하고 있음을 보면서 이러한 것들을 통하여 축복된 세상을 살아가기에 감사하는 마음으로 사랑하는 이와 함께하는 행복을 누림만으로도 자기만족에 들어 슬픔과 아픔을 망각할 수도 있고, 더 나가 슬픔과 아픔의 감성을 배제시킬 수도 있겠다 싶더군요.
하여, 우둔한 감성이나마 느끼는 대로 때론 시류에 휩쓸리어 조잡한 시구로나마 읊조렸던 것들을 엮어보았습니다.

샛간에서 고상돈

목 차

제2부 노가리 까는 밤

제3부 슬픈 시의 침묵이 올 때까지

제8부 있는 그대로의 행복

제9부 그대의 무지개

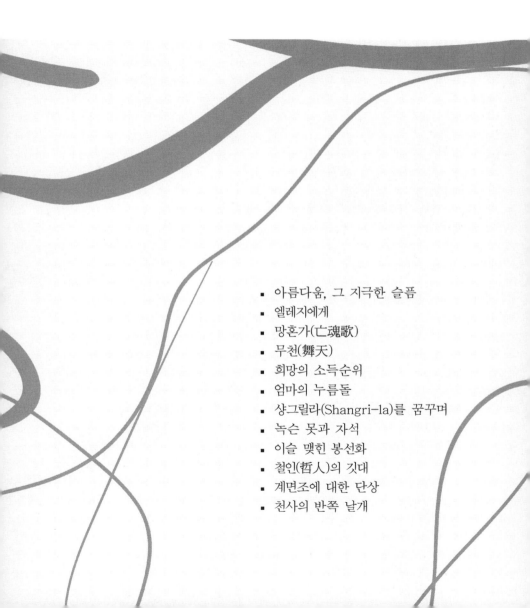

제1부

아름다움, 그 지극한 슬픔

아름다움, 그 지극한 슬픔

영원불변할 수 없기에
아름답다는 것은
지극한 슬픔을 내포하고 있네요

아름답기에
슬플밖에 없는 풍경 속
나는 저 슬픔을 가슴에 담아요

곧 시들어버릴
저 꽃들과의 아픈 만남을 기억하려
지극한 슬픔을 사진에 담아요

엘레지에게

삶속 모든 비탄과 아픔들에게
한 송이 붉은 꽃을 바치노니
주저앉은 자리에서 일어나라
일어나 희망의 지평을 딛고 가라
먼동이 터 올 새벽의 동쪽으로
보부도 당당히 희망으로 나서라
그리하여 새벽빛 명료해지거든
새로운 사랑으로 가슴을 덮이고
아침 햇살의 눈부신 광휘로 가라

*엘레지(elegie): 프랑스어로써, 서정시의 일종으로 애도와 비탄의 감정
을 표현한 시 또는 슬픔을 노래한 악곡이나 가곡

망혼가(亡魂歌)

별빛으로 영롱던 당신,
달빛으로 둥그시더니
햇빛으로 여의(如意)로와
무엇이든 만능이셨더랬습니다

품고 품고 품어주셨던 당신,
어쩔 수 없는 섭리 좇아
한없이 야위시옴에도
언제나 따사로우신 품이셨기에
영원히 영원히 영원토록
곁에 계셔 주십사 소망하였건만
소망으로도 어찌할 수 없는
영계로 고우신 걸음 하시었습니다

제단에 눈물로 촛불 밝히오며
숙연히 향을 사르옵나니
영전에 향그러운 국화 한 송이
먹먹도록 가슴에 사무치옵니다

무천(舞天)

청정한 정한수에서
새하얀 뼈를 추려내어
가볍디 가벼운 깃을 뽑아
원죄 짓지 아니한 숨결로
후우 불어 창공에 날려라

푸른 창공에 흰 구름 날거든
망자의 빈 잔엔 술을 따르고
잊혀진 이야기와 전설을 좇아
산천초목을 연주하는 바람에
오색 바람개비를 돌려라

오감으로는 인지할 수 없는
초감각의 영적 유희에 들어
시공을 초월하는 걸음으로
새하얀 깃을 잡고 유영하는
푸른 창공에 마음을 부려라

희망의 소득순위

2018년 대한민국에서
소득이 제일 낮은 순위 중
일 순위가 시인이요
이 순위가 수녀님
삼 순위가 신부님이라네

누군가 말하길
하늘나라에선 반대라던데
하늘나라에 올라
제일 부자가 될 시인님들을 많이 아니
하늘나라 강남 언저리서 놀 듯싶네

엄마의 누름돌

마당 한편에 둥그스름하니 예쁜
엄마의 누름돌이 눈에 띄어 보니
그 생김새가 마치 눈물방울 같아 뵈기에
'암루(巖淚)'라고 한자로 이름을 붙였다가
'바위의 눈물'이라고 한글로 적어보았네

바위의 눈물,
'한없이 듬직하고 단단하기만 했던 너도
이렇게 눈물을 떨궜는가 보다'라고 적고 보니
어릴 적 젊고 아름다우셨던 엄마의 고우셨던 손이
조개가 진주알을 품어 굴리듯 자식을 품은 세월로
바위의 단단한 결을 닮아 거칠어지셨다는 생각에
바위같이 든든히 지켜주셨던 엄마의 눈물이
나 자신인 것 같아 바위의 눈물을 어루만져 보며
엄마가 가슴속에 억눌러 놓으셨을
눈물의 무게를 어림짐작해보았네

샹그릴라(Shangri-la)를 꿈꾸며

오염된 세상 그 어데
청정한 곳,
이성으로 포장하고
위신으로 장식하지 않은
신이 부여한
선한 본성에 따라
나누고 베풀며
풀 향기 풋풋한 언덕 위
푸른 그늘아래 누어
세월의 향기로 머릴 감고
가슴마다 꽃을 피우는 곳,
게서
거짓 없는 목소리
감미로운 노래되어
너와 나의 선한 미소로
따스한 햇살을 담고
너와 나의 베푸는 손길로
풍성한 결실을 맺어
부끄러움이 없기에

부끄럽지 않을
아름다운 낙원 그 어데,
너와 나의 평온한 안식이
지극히 자연스러운 곳
바로 거기,
바로 거기에서
너와 더불어 뒹구려네

*샹그릴라(Shangri-la): 꿈의 이상향, 신비롭고 아름다운 산골짜기
또는 그런 장소를 비유적으로 가리켜 이르는 외래어이다.

녹슨 못과 자석

눈부시리만치 예쁜
은빛 자석 하나가
저기 저만치 서
자력을 뿜어 옵니다
이리로 와서
함께하잡니다

하지만 두렵습니다
나는야 녹슨 못이기에
내 날카로움에 상처 입고
내 온몸에 돋아난 붉은 욕정에
당신, 그 눈부신 빛이
더럽혀질까 저어됩니다

이렇게 마음속
꺼질 줄 모르는 욕망이
다시 한 겹 더
붉은 꽃으로 피어오르면
나는 두려움에 떨며

한 걸음 물러섭니다

이러다 또다시
당신 곁에 쭈뼛거리며
맴돌 수밖에 없는 것은
당신, 그 매혹적인 자력에
이끌리는 두근거림이
마냥 좋은 까닭입니다

이슬 맺힌 봉선화

꽃으로 피어나
새벽이슬로 눈물짓는 너

긴긴 지난밤 내내
외로움에 잠 못 이루고
찬 별빛 실은 바람에
어디로든 날아가고 파도
운명 지어진 뿌리에 매여
그렇게 그 자리에…

그렇게 떠나지 못한 채
서글픈 눈물방울 달았구나

철인(哲人)의 깃대

들었나요?
철인의 죽음!
소리 잃은 꾀꼬리가
생각을 잡아먹었대요

세월은 상실의 시대
상실한 것들,
사람 걷는 길 뒤로
헐렁한 깃대 하나 펄럭인대요

계면조에 대한 단상

서글픈 음률에 취해
듣는 이의 눈물을 쏟게 한다는 *계면조,
그 가락을 악학궤범에선
"맑고도 멀어서 애원 처창하다."
라고 말한다더니
슬픔을 통해 도달하는 카타르시스는
신에 대한 감사로 귀결되고야 마는가?

울 일이 그다지 없는 현대에 있어
자연스레 슬픈 감정을 깨워내는
마법의 음률, 계면조여!
너의 애절한 슬픔이
누군가의 눈물이 되고
감정의 카타르시스를 넘어
*미메시스(mimesis)에 몰입케 함은
그 자체로써 비극이라 아니 할 수 없으리

*계면조: 국악에 있어 선법의 하나로 계면이라고도 하는데, 이익은 성호사설 속악조에서 계면을 가리켜 "듣는 자가 눈물을 흘려 그 눈물이 얼굴에 선을 긋기 때문에 붙여진 이름이다."라고 함.

*미메시스(mimesis): 플라톤과 아리스토텔레스에 의해 확립된 문학용어로 "재현 또는 모방"이란 의미이다. 플라톤은 절대 진리인 이데아의 아래 단계로 이데아의 모방이란 의미로 말하고 있다.

천사의 반쪽 날개

한쪽 날개만으로
천상에서 떨어져 내린 천사여!
지상은
온통 새하얀 순백의 천국빛,
그대가 의지한
마지막 반쪽 날개마저 버리고
이 땅에 생의 뿌릴 내릴 때
초록으로 움트는 그대
삶의 축복과 환희를 보리니
순백의 정념에 채색을 입히고
천상의 하늘로 올라라
곧게 뻗어 올라
환희의 꽃 피워라

붉디붉은 짙은 향으로
생명의 핏빛 키스를 하여라

제2부

노가리 까는 밤

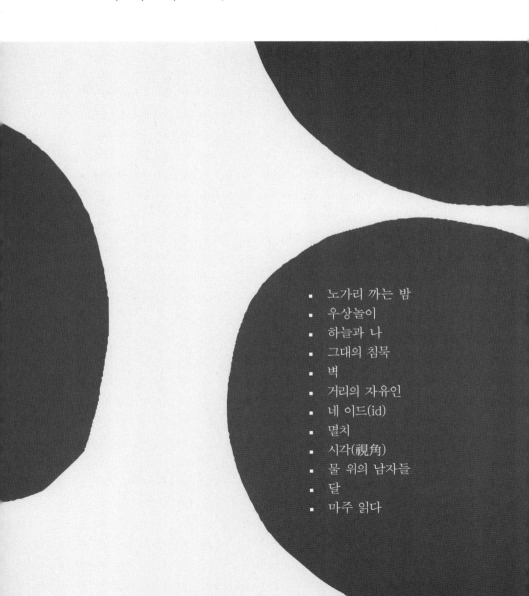

노가리 까는 밤

밤의 침묵은
하염없이 깊고
묵중하기만 하다지만
소맥 말아 넘기는
호프집 테이블 위로
노가리 세 마리가
세상 시름 다 떠안겠다며
미라 된 육신에
소신공양을 더하여
제 몸 검게 그을린 채
붉은 립스틱 듬뿍 찍어 바르고
세상사 이것저것
잡다함 다 끄집어내며
잘근잘근 노가리 까는 중이다

우상놀이

말씀은
우상을 섬기지 말라던데
성스럽다 우러르는
종이 쪼가리 묶음들이
허상을 덧씌워
또 다른 우상일 수 있음이니
스스로 신의 대리인이요
심판자임을 자처하는 자들아
너희들이야말로
신을 욕보이는 사탄이 아니더냐?

돌을 든 무리를 향해
너희 가운데
죄 없는 자가 먼저 저 여인에게
돌을 던지라고 말씀하셨다던데
신의 이름으로 감히 돌을 든 자 뉘며
스스로 신이라 자처하는 자 또 뉘더냐?

신 앞에 있어

천재도 둔재도 다름이 없을 텐데
말씀을 빙자하여 두텁게 쌓아 올린
종이 쪼가리들을 달달달 외워
줄줄이 낭송할 수 있는 자들만의
편협된 신인 양 호도하는 자 뉘며
말씀에 기대어 삿된 이름 덧댄 자들,
너희 그릇된 욕망들로 말미암아
세상은 밝은 빛이 있음에도
혼탁한 먹장으로 가려졌으니
아, 통탄스럽구나!
진리를 담았음에도
진리를 가리킨다 칭하며 이름 덧댄 자들
금빛 미끼칠 반들거리는
황금빛 손에 시선도 마음도 머물러
신을 칭하는 황금빛 손놀림에 놀아나며
어찌 우상놀이하고 있더래냐?

신의 말씀은
우매한 자에게도 통하리만큼

단순하디 단순함이려니
버리고 버려라 번뜩이는 우상들을,
어찌 진리 앞에 번뜩이는 빛에 현혹되어
단순한 진리를 앞에 두고도
진리는 어렵고 어려워 생을 다할 때까지
익히고 탐구하여도 끝없다 하려느냐?

하늘과 나

머리에 이고 사는
저 푸르른 하늘빛이
하늘을 닮으라고
청명(靑明)하게 살라지만
내 가슴 끓는 피는
청명(靑明)함을 모르는지
붉게 타는 여명(黎明)으로
솟으려만 하더이다

솟다 솟다 지쳐 서면
말없는 청산(靑山)에게
가르침을 주시련지
하늘빛 물든 청산(靑山)이
제 빛이라 수놓은 옷 입으려면
하늘은 서릿발로 앗아가고
산은 발가벗은 속살로 울어
순백의 백치 같은
흰 눈 옷을 걸치고는
이내 하늘 푸른 눈망울

청산(靑山)으로 되납더이다

내가 내가 하늘 닮은
청명(靑明)함을 갖는다면
'인내천(人乃天)'이 될런지
'인내천(忍耐川)'을 넘어볼까
울끈불끈 솟구치는
젊은 혈기 붉은 피가
여명(黎明)의 붉음인지
석양(夕陽)의 붉음인지
깨달음은 순간이라
풍광(風光)이나 즐기자 더이다

그대의 침묵

그대여!
그대의 아름다운 노랫소리
가슴속 메아리로 이리 선명헌데
어찌 이리 침묵하시는가?

또 한 해의 겨울이 가고
아롱진 봄빛 메아리가
연녹빛 계절을 붉게 터트리는데
그대의 꽃잎은 닫혀만 있는가?

연인의 애틋한 연정마저
밤하늘 만월은 아닐지라도
작은 손놀림만으로도 풀어지는데
어찌 이리 침묵하시는가?

세월은 흐르는 것이 아니라
여기 그렇게 멈추어 있는데
그대와 나만이 세월을 맴돌아 간다던
그 내밀한 울림에 잠기고 싶네

벽

벽은
누군가에게
넘어설 수 없는
막막한 장벽이거나
깨부숴 넘어서야 할
대상이라지만
또 다른 누군가에게
그 벽은
삶을 일구는 터전이요
지친 날개를 접고 쉬거나
사냥을 위해
주변을 관망하는 장소이기도 하다

이제
벽 앞에 선 그대에게
마주한 벽이
깨부숴
타 넘어야 할 대상이든
막막한 절망이든

벽은 그렇게 벽으로 존재하고
그 벽은
담쟁이 열매 맺는
삶의 터전이자
짹째그리는 참새 떼의 쉼터요
길고양이의 긴 하품 속
번뜩이는 눈빛을 쏘아대는 곳일 뿐이다

거리의 자유인

탄생과 더불어 엮어지는
씨줄과 날줄을 끊고
너 자유의 영혼을 찾아
부평초의 길을 갔더냐

사고의 넓고 깊음은
무한한 우주와 견주어지나니
초점 잃은 네 안광은
저 넓고 깊은 어델 표류하더냐

채울 수 없는 욕망의 끝 간 데에서
한계 지워진 육신의 고통은 추하고
지는 꽃잎의 활공은 찰나일진대
꿈꾸는 몽롱한 눈빛 노니는 곳 어데냐

네 이드(id)

물 흐르듯
바람이 가듯
세월을 타고 가는
저기 저 사람아
스쳐 가는 한 생애 곁에
말 한마디 없는 그림자가
또 그렇게 같이 흘러가누나

*이드(id): 인간 정신의 밑바닥에 있는 원시적, 동물적, 본능적 요소.
프로이트의 정신 분석학 용어로, 쾌락을 추구하는 쾌락 원칙에 지배되
며 즉각적인 욕구 충족을 목적으로 한다.

멸 치

작디작은 몸짓일지라도
너른 대해를 터전으로 삼아
뼈대 있는 자존을 이루었기에
자유를 잃고 속박되는 순간
한 치 주저 없이 자진한다는 넌
멸치, 멸치라 불리운다지

멸치,
그 이름을 정약전 선생께선
'자산어보'에서 말하기를
"별 가치가 없다고 하여
한자로 업신여길 멸 자를 써서
멸어(蔑魚)라고 하였다 하기도 하고
급한 성질에 물 밖으로 나오면
금방 죽기에 멸할 멸 자를 써서
멸어(滅魚)라 한다." 하였다지만
네가 이룬 뼈대로 인하여
칼슘의 보고라 칭해지며
널 취한 이들의 뼈대가 된다지

몸집의 크고 작음으로
사람 됨됨의 크기를 재단할 수 없듯
작디작은 네 크기만으로
네가 품은 대해에서의 큰 뜻을
어찌 다 헤아릴 수 있으랴만
네 생애에 이룬 뼈대가 있었기에
만물의 영장을 자처하는 인간들의
튼실한 뼈대가 되어주기도 하고
또 어느 시인의 소박한 술자리에서
붉은 초장을 바른 채 노래되기도 한다지

어느 생명인들 귀하지 않은 것 없듯
네 생명인들 귀하지 않겠느냐만
너의 죽음이 신의 섭리 속 헛되지 않아
어느 수행자의 살이 되고 뼈가 되어
또 대해에서의 네 삶의 염이 씨앗이 되고
수행자의 오랜 구도의 길 속에 합일되어
선한 깨달음으로 동반 승화된다면
신의 은혜로운 섭리에 감사드리며

혹여 이생이 팍팍한 삶일지라도
네가 내게로 와서 살이 되고 뼈가 되었듯
선하디선하신 신과의 합일을 꿈꾸며
선한 영육으로 아름다이 살아가련다네

시각(視角)

사람의 몸으로 오신
예수님도 부처님도
먹고 마시고 배설하셨을 테고,
그 누구든
입으로 먹는 것은
달고 향그러웠을지라도
배설물은
구리구리 할 수밖에 없었을 텐데
누군가를 볼 때
그의 더러운 배설물만 본다면
예수님도 부처님도
오물을 싸질러 대는 존재로 밖에
인식할 수 없었겠지

옥에도 티가 있다던 옛말처럼
흠 없는 이야 있을 수 없다지만
그럼에도 그 누군가의 장점만
크게 볼 수 있어
그와 함께 말을 섞고

몸을 섞을 수 있다는 것은
그 얼마나 큰 축복이던가?
두 눈에 고와만 보이는 그대여!

물 위의 남자들

천명이
지상에 재림하듯이
하늘에서 쏟아져 내린
맑은 빗방울들이
계곡을 이루고 내를 이뤄
강으로 하나 되어 바다에 들듯
높은 곳에서
낮은 곳으로 흐르며
대지를 푸르게 살찌우는
물 위의 남자들이 있다

물 위의 남자들,
그들의 성품은 온화하되
물 흐르듯 나감에 막힘이 없어
천명의 재림이 그러하듯
만사에 거침이 없기에
누군가는
그를 믿어 의지하여 따르는 바
물 위의 남자들,

그들은 이 땅에 아버지요
스승이요 지도자들이다

달

달 하나가
어느 날은 초승달
어느 날은 반달
그리고 또 보름달
이렇게 변신을 거듭하기에
한두 번 본 것도 아니고 하여
달의 속성을 다 안다 했건만
반쪽은 영원히 숨긴 채
내 앞에 내보인 건
딱 절반,
절반만의 모습이었구나

마주 읽다

한 사람의 생애를
읽을 수 있다는 것은
그 사람의 모든 걸
알게 된다는 것일 겁니다

성탄 전야
어느 카페에 마주 앉아
그는 사랑스런 눈빛으로
마주한 이를 읽고 있답니다

어쩌면 그는
마주한 이의 손을 맞잡고
따사론 손끝으로
읽고 있을는지도 모르겠습니다

축복의 성배처럼
향기 담은 찻잔이 공명되고
뜨거운 눈빛이 연줄로 얽혀드는
이 밤, 달빛이 참 밝았습니다

제3부

슬픈 시의 침묵이 올 때까지

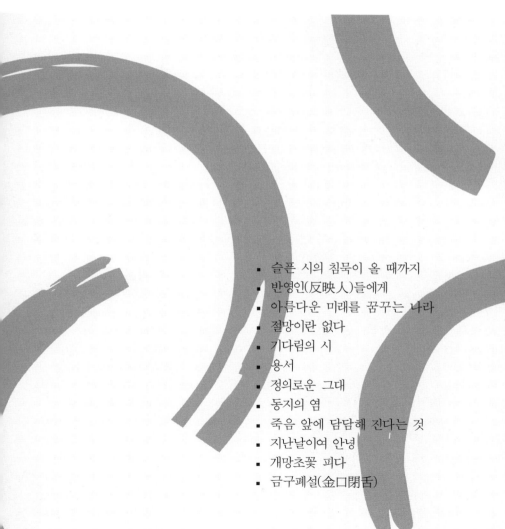

슬픈 시의 침묵이 올 때까지

지지난 날
사랑하는 당신을
온전히 품에 품기 전까지
난, 사랑에 고팠습니다

내 숨 쉬는
저 공기의 충만함 속에
그 소중함을
망각한처럼…

사랑하는 당신의 품은
정말 위대합니다
내 고픔을 채워
더 울잖게 했으니까요

어느 머언 날
기아로 울어 숨 넘기시던
할어버이 울음 울음들이
이 땅의 기아를 내친처럼

이제, 나
째지는 즈잘댐이나마
슬픈 시의 침묵이 올 때까지
이 땅의 고픔들에 우렵니다

반영인(反映人)들에게

풀 향기 영롱한 이슬로 적셔 굴리며
찬연히 빛나다 사그라지는 잔상에
붉은 태양은 이슬 알알이 담겼으니
똘망똘망 보고 또랑또랑 읊어대는
똘똘한 이 시대의 눈이자 앞날들아!
너희 가슴 가슴마다 불꽃을 밝히어
어둠을 깨쳐 우는 신새벽을 박차고
붉게 솟구쳐 오르는 한 덩이 빛 돼라

※시작노트: 시작노트를 작성하기에 앞서 먼저 시제인 "반영인(反映人)들에게"란 문구 중 반영(反映)의 사전적 의미를 짚어보고 시작노트를 작성하고자 한다.

반영(反映): [명사]

1. 빛이 반사하여 비침.

2. 다른 것에 영향을 받아 어떤 현상이 나타남. 또는 어떤 현상을 나타냄.

3. [북한어] 어떤 문제에 대한 여론이나 의견을 해당자에게 알림. 또는 그 여론이나 의견.

아침 이슬에 영롱히 빛나는 찬연한 빛은 이슬 자체가 뿜어내는 빛이 아닌 태양빛의 반영(反映)이듯, 인간들에 있어서도 목회자나 스님께서 말씀하시는바 성경의 말씀이나 불경의 말씀들은 하나님과 부처님의 말씀들을 반영한 것이라 할 것이며, 우리가 일반적으로 자신의 지식이라 뽐내는 것들 또한 학교나 사회에서 습득한 선지식의 반영에 지나지 않는 것이다. 이뿐만 아니라 더 나아가 '발명이니 창조니 하는 인간들의 행위 또한 이미 자연계에 존재하고 있는 것들을 발명가 혹은 창조자가 인간세상으로 반영해 낸 것에 불과한 것이다.'라는 생각에서 "반영인(反映人)들에게"란 시작을 해본다.

아름다운 미래를 꿈꾸는 나라

초롱초롱한 눈망울 속에
닮고자 하는 위인이 곁에 있고
노력하는 만큼 가까이 갈 수 있는 나라

어둠이 두렵지 않기에
별빛을 쫓아 홀로 나선 소녀도
뒤돌아보지 않고 밤을 누릴 수 있는 나라

언제나 나를 필요로 하기에
"일하지 않은 자 먹지도 마라."란 말이
일상 속에 보편적 상식으로 통용되는 나라

즐거운 노동과 여가 속에
안락한 보금자리가 있기에
고단한 몸을 가족 곁에 뉠 수 있는 나라

풍요 속에 인간으로 대접받고
사람의 냄새가 향기로운 곳
이곳이 바로 우리가 꿈꾸는 우리들의 나라

절망이란 없다

꽃 벙그러진 그늘 아래
운수 사나운 봄날도 있으려니
절망하지 말자
세상은 너무나 아름답고
숨 쉬는 공기 아직 청량하나니
한숨 깊이 내쉬어 텅 빈 가슴 깊숙이
향긋한 봄꽃 향 그득 채워 담자

담아 들인 향기가
세파에 찌든 가슴 속에서
이내 오염되어 구린내 나거든
더러운 걸레도 빨고 또 빨면
책장 위 퀴퀴한 먼지쯤 훔칠 수 있듯이
한 치 주저 없이 내뱉어 버리고
향긋한 봄꽃 향 그득 채워 담자

이렇게 희석되는 속에서도
혹여 아픔이 있거들랑
아픔 속에 맞아지는 봄 향기로 위안을 삼고
과거 속 집착의 고리는 훌훌 털어
따사한 봄볕에 유영하는 꽃비로 날려서
세상 어느 한구석 그늘 속에서
아픈 이를 인도하는 길잡이 되자

기다림의 시

삶에 기대어선 그림자 하나
촛불 일렁임에 춤추듯이
다정한 연인 품에 기대어
헤즐럿 옅은 향 피울 제
쓸쓸한 기다림 속의 넌!
바람잎새 하나

언젠가 넌 강가에 있었지
하늘 푸름이 산에 나려
하늘 물든 푸른 산을
쥐어짜 흐르는 강가에서
그 물, 둥실 떠오른 흰 구름이
하늘빛 담근 것을 말 할 제

너! 그렇게 하늘빛 물 빨고
하늘빛 받아 더없이 푸르더니
가는 해님 석양 물든 빨간물 먹고
집 잃은 취객 되어 얼굴 붉힌 채
바람 타고 산에 들에 취기로 남아
동토 위에 일필휘지, 기다림의 시

용 서

용서한다는 것은
얼어붙은 대지를 녹이고
메마른 가지에
환희 꽃피움이래요

용서한다는 것은
가슴속 증오를 녹이고
신이 부여한 축복 속에
온전히 동화됨이래요

용서하세요 지금!
그럼으로써 신이 부여한
아름다운 이 세상 속에
선한 본성을 즐겨보세요

정의로운 그대

정의로운 그대여!
그대는 틀림없이
그 누구보다 정의롭다네
그런데 말일세,
그대가 정의로운 까닭에
정의가 지닌 자성(磁性)과
그대의 자성은 동일하여
그대가 눈앞의 정의에 가닿으면
눈앞에 있던 정의는
똑같은 거리만큼 저만치 물러있다네
그러한 까닭에 그대의 눈에
정의는 언제나 저만치 멀어져 있고
사회는 언제나 부조리한 세상 같지만
돌이켜 보시게나 지난 시절들을,
십 년 전 부르짖던 정의와
이십, 삼십, 백 년 전 정의를…

정의로운 그대여!
그대를 빗겨 서있는 듯한

저기 저 정의가
저만큼 멀리 있어
그대가 오늘도 목 놓아 정의를 부르짖으며
저기 저곳, 정의의 자리를 디뎠기에
정의는 또 저만큼 멀리 달아나 있다지만
그대가 어제 부르짖던 정의는
이미 실현되어 있었다네

정의로운 그대여!
고맙네, 고맙다네
그대의 정의로움으로 인하여
이 세상의 정의는
더더욱 성장하고 정순해져
우리 모두는 부조리한 듯한 속에서도
그 어느 시절보다 정의로운 속에
하루하루 행복을 누리고 있다네

동지의 염

동지,
황도의 가장 밑바닥으로 추락하는
네 몸은 차갑게 식어 있었고
드높은 위상으로 뜨겁게 이글거리던
네 숨결의 푸릅던 생기는 스러져
산야에는 상실한 자의 호곡성만이 드높다

이제 여기,
달 밝은 어둠 속 은밀한 회동이 있어
스러진 자들의 뼈대를 취해 불을 지피며
어둠을 밝히는 작은 불꽃과 뜨거운 열기로
따뜻한 세상을 갈구하는 염을 보태나니
산야 깊숙이 숨죽인 씨앗들 준동하것다

죽음 앞에 담담해진다는 것

두려워서
너무나 두려워서
인기척의 기침 소리마저
낼 수 없을 만큼
한없이 위축되어 겁먹은 채
한 몸 피할 수 있을
피난처를 바로 곁에 두고도
안 되는 줄 알면서
누군가를 지키기 위해
목숨을 걸어 본 적 있으신가요
목숨을 잃을 걸 뻔히 알면서도
달려드는 죽음과
맞서 본 적 있으신가요

사랑의 힘이라 말하진 않으렵니다
그때나 지금이나 제 자신은
변변치 못한 모습 그대로니까요
누구나 살면서 한 번쯤
겪게 되는 일이라 않으렵니다

누구에게나
한 번의 죽음은 있다지만
죽음 앞에서의 예행연습은
누구에게나 주어지진 않을 테니까요
하지만
확연한 죽음이란 것을 마주하니
두려움도
그 무엇도 없이 담담해지더군요
그렇게 담담해지니
겁에 질려 굳었던 몸이 움직이고
죽음과 당당히 맞서고 있더라고요
아니 죽음과 공포를 극복해냈더라고요

지금 이 순간 그 어디에선가
죽음의 공포에 짓눌려 있는 이가 있다면
받아들이고 담담해지시라 말하고 싶습니다
마음이 담담해져야만
자신 스스로로부터 무언가
변화를 이끌어낼 수 있으니까요

어쩌면 그 변화만이
죽음과 마주한 현 상황을 타개할 수 있는
유일한 길일 수 있으니까요
지금 이 순간 그 어디에선가
죽음의 공포에 짓눌려 있는 이가 있다면
담담히 극복해내시길 기원드립니다

지난날이여 안녕

민주주의여 안녕!
성장제일주의여 안녕!
지난날 포도로 구르던 최루탄, 돌, 화염병 더불어
목청 찢어발기던 소녀의 처절한 절규 더불어
지난 짙은 핏빛과제들이여 안녕!
안녕, 안녕!

성장제일주의에 가려
어두운 그늘 속에 울어야 했던 이념이여!
이제 네게 안녕을 고한다
이제 너를 등 뒤 낡은 배낭에 담고
안녕, 안녕이란 이별을 어깨 너머로 흘리며
눈앞에 다가선 새로운 능선으로 발을 내딛는다

무엇이던가?
저 앞 안개 너머로
흐릿한 윤곽을 드러내는 능선의 정체는
극한의 궁핍을 덜고자 함도 아니요
극도의 방종을 일삼는 왜곡된 민의도 아닐진저

대관절 너는 무엇이더냐?
무엇이더냐?

그렇구나!
벗이여, 내 즐거움에 동반자여!
너와 내가 같건만 같을 수만은 없구나
너와 나의 동질감 속에 내재된 이질감을 보나니
포용하고 나아가 선철(銑鐵)에 형(形)을 가할 때인 저,
안녕을 고하며 새 지평이 아지랑이 속에서 부르는구나

개망초꽃 피다

붉게 피어오른 덩굴장미에 취했다가
하얗게 흐드러진 들판의 꽃무리를 보나니
한송이 한송이 하이얀 꽃무리 오천만 송이
눈물을 아침이슬인 양 머금은 꽃송이들
분향된 담배불꽃은 향촉인 듯 타들고
하이얀 담배연기는 향연인 듯 오르는데
하염없이 흐르는 눈물방울은 누굴 그리는가?

붉게 피어오른 덩굴장미에 취했다가
하얗게 흐드러진 들판의 꽃무리를 보나니
한송이 한송이 하이얀 꽃무리 오천만 송이
샛노란 태양의 열기가 하이얀 빛살로 뻗치고
박토에 아랑곳없이 싹틔워 뿌리박고 꽃피운
개망초꽃 꽃무리 길 따라 하얗게 흐드러졌는데
하염없이 뻗어가는 저 길은 누굴 위한 길인가?

어느 날 운명처럼 부엉이 머리에서 떨어진 꽃
붉은 꽃잎 산산이 흐트러져 씨앗으로 흩날리고
생사는 자연의 한 조각이라며 떠남으로 싹틔운 꽃

순백의 조화마다 노오란 리본으로 손수건 풍선으로
상징은 노란 태양으로 깃들어 하이얀 햇살 뿌리나니
너 지천으로 무리 지어 솟구쳐 피어난 풀꽃 개망초꽃,
뜨거운 열기로 달궈진 民主花여, 民主化의 열망이여!

금구폐설(金口閉舌)

산야에 위풍당당
우뚝 솟은 소나무도
여리디여린 고운 꽃들도
비바람이 거세게 흔들어댄들
흔드는 대로 그저 흔들릴 뿐
이렇다 저렇다 말이 없구나

이 사람 저 사람
세상사 잡다스러움이야
사람 사람 가릴 것 없이
뚫린 입만큼 시끄럽다지만
사람 형상으로 우뚝 선 미륵불은
천 년을 또 그렇게 말이 없구나

* 금구폐설(金口閉舌): 귀중한 말을 할 수 있는 사람이 침묵함.

제4부

풀잎이 소나무에게

풀잎이 소나무에게

소나무야, 소나무야!
수풀 우거지던 산비얄에
여리디여려 작은 풀잎 같던
푸르무성한 낙락장송 소나무야!
네 본연은 예나 지금이나
동지섣달 한설 속에서도
푸른 기상 드높음엔 변함없건만
지난날 함께 어깨 마주하며
거센 비바람에 맞서던 풀잎들이
이제는 네 발치에마저 없더구나

아, 크고 너른 네 그늘 아래
설 자리 잃은 작은 풀잎, 풀잎들이
푸름의 표상이 된 네게 외치나니
내놔라, 내놔라! 내 햇살을 내려놔라!
너 스러지고 스러져 내 것을 내려놓고
한없이 몸집 불린 네 몸뚱이 양분일랑
풀잎네 자양분, 거름이나 되어 달라
햇살을 독식하고 설 자리마저 빼앗은
낙락장송 소나무에게 목 놓아 외치나니
견고한 기득권은 타파의 대상이더구나

풀뿌리의 정의

살폿 미풍에도 몸을 떠는
작은 언덕에 푸릇한 풀잎들아!
바람 부는 대로 이저리 휩쓸리어
광란의 난장판을 연출한다지만
밟아도 베어도 다시 서고 다시 돋는
네게는 강인한 뿌리가 있었더란다

보아라, 저기 저 광장에 합창하듯
울부짖는 군중들의 뜨거운 함성을
혹여, 저들의 애끓는 함성들을
그저 지나치는 바람이라 하지 마라
저들 가슴에도 정의란 뿌리가 있어
꺾고 억눌러도 풀잎처럼 서더란다

오월의 장미

금남로에 흩뿌려진 오월의 붉은 장미꽃,
흩날린 꽃잎들 촛불 되어 횃불이 되었고
절규하던 소녀의 하이얀 손끝으로 붉던
오월의 장미꽃 오늘도 화사롭게 피었네

오월의 푸른 하늘 아래 붉어 화사로운 꽃,
장미꽃 덩굴 아래 너와 나의 웃음꽃 피고
화사로운 장미꽃 붉은 오월의 하늘 아래
꽃잎 붉게 흩뿌려졌던 금남로를 우러르네

부화뇌동(附和雷同)하는 자들

무언가?
너희가 추구하는 바가
권력의 속성이 그러한가?
잡고 휘두름에 '이러해야 한다.'라고 역설했던 것이
야인으로 돌아선 작금에 있어서는
나라를 망치는 일이라고 절규하듯 외쳐대는가?

언제였던가?
이 땅이 조상의 피로 적셔져 통곡했던 날
저기 우리에게 잊혀진 대륙의 서녘에서
총탄 앞에 맨몸으로 맞서 스러지는 자들,
육신을 태워 분신하는 자들의 허망한 외침이
가시 없는 고슴도치의 처절한 몸부림 같으니

어리석은 자여!
작은 욕심에 전부를 잃을 수 있음을 아는가?
너희 올곧음으로 우뚝 서 불의에 맞섬에
시대의 양심이 네 뒤를 쫓아 울었고
새 세상이 개안하듯 펼쳐졌건만
모든 것을 취하렴에 지난날들이 허망하구나

낮게 푸른 민초(民草)

겨울 산을 바라보니
흰 눈 터럭 털어낸 청솔 빛이
더없이 푸르려니 의연하여
엄동에 시리시리 얼은 가슴
파라랑 날리듯 녹여주네

저 빛 청솔 빛은 절개라게
가르침을 받아 볼까 올라보니
낙락장송 발치마다
키 낮은 조리대 푸른 잎이
잔설을 녹여내며 바람을 젖고 있네

허허허, 혹한의 시련 속에
굴종치 아니한 산빛이
너 청솔 만이라 하였더니
네 발치에 더 푸르르니
키 낮은 조리대가 있었구나

지지난 날 책장 속에

짙은 묵향 묻혀 놓은 거송들아
그대들 영광된 발치에도
수많은 조리대의 꼿꼿함이
네 푸른빛을 더했으랴 싶구나

비련의 청솔아

청솔아 청솔아
사계에 푸르러 높은 덕 청솔아
매, 난, 국, 죽 군자라면
너의 고고한 자태
무어에 비하랴?

깎아 세운 칼 벼랑 위에
굳건함이 만인에 귀감이더니
천년을 살아내고
하늘빛보다 푸르리란 넌
난잡한 바람 속에
뿌리 뽑아 자진하였구나

오, 비련의 청솔아!
애통타 애통구나야
너의 높은 사랑 펼치렴이
어이 사사로움이었겠느냐만
줏대 잃은 하늘의 난잡한 바람에
속 앓는 매, 난, 국, 죽 울어댄다

미꾸라지의 또 다른 실체

세상사 돌아보노라면
의롭지 못한 듯싶어
불끈불끈 열 내기도 하는 것이
사람 사는 세상 속 자화상이라지만
어느 날 문득 열 내다 둘러보니
세상은 환하니 굳건하더라

미꾸라지 한 마리가
도랑물을 흐린다지만
맑은 물에는
고기가 모이지 않는다니
도랑물 흐린다며 지탄하던
저기 저 미꾸라지 한 마리가
오늘의 풍요를 가져온 듯싶어
어쭙잖던 의를 내려놓고
감사론 가슴으로 세상을 담아보니

좋다!
참 좋다.

평온함 속
소소한 행복의 일상들이
감사롭기만 하다

철(鐵)의 혈(血)

붉게 꽃피우는 것
봄 동산만은 아니다
차갑디차갑고
한없이 냉철한 강철에서도
붉디붉게 꽃은 피어오르나니
나의 북단 끝
너의 남단 끝
휴전선 155마일 248km,
그 피눈물의 철책선을 따라
오늘도 꽃은 피었으려니
붉은 혈화(血花) 길게 피워 올린
저 철의 장막을 걷어다가
다시 용광로로 녹여내어
너와 내가
다시 우리 되는 길을 닦고
철마의 레일을 깔아 달린다면
새로이 자리할 철의 혈은
우리 혈관의 피를 뜨겁게 달구고
화합과 역동의 환희를 축복하는
축복의 화사한 혈화(血花) 되리라

쥐에 대한 단상

어린 어느 날
낡은 이웃집 헐을 제
천장에서 나온 새앙쥐들이
너무 귀엽단 생각이 들기도 했지만
왠지 쥐, 쥐새끼가 싫었다

다 큰 쥐라도
작고 날렵한 몸집에
정을 줄만도 했으련만
더러운 시궁창과 똥간을 달음박질쳐대는
털 없는 가늘고 긴 쥐꼬리가 징그런 데다
곡식을 훔치고 병을 옮긴 대니
귀여워 할래야 할 수도 없었다

그럼에도 쥐는 같은 쥔데
다람쥐는 왜 그리 귀여웠는지
쥐라면 기겁을 하던 여아들도
다람쥐 하면 쪼르르 달려들곤 했었지

왕성한 번식력에도

미움 받아 박멸된 듯한 쥐새끼가
요 근래 들어 꾸준히 회자되며
퍽퍽한 삶에 지친 군상들에게
쓴 쐬주 한잔에
질긴 오징어 다리 되어
잘강잘강 씹히는 소리들
골목골목 맴맴 대는데
그 쥐새끼가 그 쥐새낄까?

혹, 누군가
귀여운 다람쥐 꼬리털을 밀어내고
배배꼬인 소라껍질을 모작하여
쥐새끼, 쥐새끼 노래되게 한 건 아닐런지
꼭 다람쥐는 아닐지라도
청설모 꼬리를 밀어댄 건 아닐런지

후천적으로
쥐새끼를 미워할 밖에 없는
한 인간의 ?

고고(高膏)한 세상살이

주유소에 멈추어 기름을 넣다 보니
춘향전 이몽룡의 시 속
기름 고(膏) 자 문득 떠오르네

지긋이 연세 드신 주유원 아저씨들,
"여의도 높으신 양반들 아껴라 하니
일당벌이 우리네라도 아껴야지."

고고(高膏)한 세상 속에 길을 나서
얇아만 가는 가슴 속살 벗겨내며
대중(大衆) 속 구호를 외쳐대는 한 원소

디케(Dike)의 저울질

두 눈 질끈 동여 가리고
한 손에는 저울을
한 손에는 칼을 거머쥔 디케여!
그대 두 눈을 가림은
법 앞에 공평일진대
그대 두 눈 가리움에
저울질이 장난질 치는구나

뉘던가?
그대 저울 앞에 서서 추를 다는 저들
법은 만인에 공평해야 한다고
법은 정의로워야 한다고
형평성을 말하며 추를 올리는 저들
누구에겐 황금 추를 올리고
누구에겐 스티로폼 추를 올리누나

보라, 양상군자여!
나쁜 짓을 할라 치면 크게 하랬다고
구멍가게 껌 하날 훔쳐도 죄이니

디케의 저울대에 오르면
일벌백계 스티로폼 추가 달리고
나라라도 팔아먹고 재수 없어 걸렸단 자
번뜩이는 황금 추가 죄 없다 오르더라

*디케(Dike): 그리스 신화 속 정의의 여신으로 디케는 두 눈을 천으로
가리고 한 손에는 저울을 또 다른 한 손에는 칼을 들고 있는 형상으로
표현되어 있다.

모래성에 핀 꽃

문득,
무너지는 무엇!
밤이 깊고 깊네

정의란
절대적일 수 없는 데
정의라 쌓아 올린 모래성,
그 위로 꽃이 화사하니
내일이
참으로 허망할 듯싶네

제5부

벌레 먹은 낙엽일기

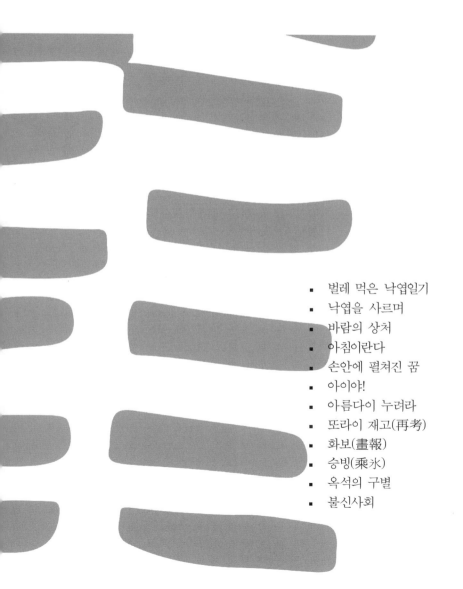

벌레 먹은 낙엽일기

벗이여!
찬연한 빛 황홀한 가을인데
어찌 이다지 쓸쓸한지 모르겠네

먼 산 향해 춤추던 어린 날
우리 옷자락엔
푸릇한 희망이 번뜩였고
가을빛보다 더 붉던
노을빛 맑은 불꽃마저
감히 우릴 범접치 못했건만
어찌 이리 붉게 취하여
방랑의 길을 걷고 있더란 말인가?

벗이여!
여전히 아름다운 가을날 속에
왜 이리 쓸쓸한지 모르겠네

낙엽을 사르며

욕망의 그림자가
검은 마수를 드러내는 환한 대낮보다
추악함마저 감출 수 있는 어둠 속에서
무너질 밖에 없던 한 올 자존심아
울지 마라, 울지 마!
이 어찌 너만의 잘못이리,
한 줄 올곧은 의지로
한여름 폭풍우마저 견디었음을 안다만
청명함에도 날로 식어가는 태양을 보며
네 온몸에 뻗친 혈관들 일제히 돋구어
붉디붉게 불살라 온몸으로 저항하는바,
저항이 임계점을 치면
와스스 무너짐은 순간이요 동시려니
휘몰아치는 바람 따라 흩날리는 욕망
*바손에게 한줌 불꽃으로 *다비(茶毘) 되어
비로소 해탈의 향 피워
*열반성(涅槃城)에 드는가?

*바손 : 바바 하리 다스의 "성자가 된 청소부"에서 성자청소부의 본명
*다비(茶毘) : 불에 태운다는 뜻으로, 시체를 화장(火葬)하는 일을 이
르는 말. 육신을 원래 이루어진 곳으로 돌려보낸다는 의미가 있다
*열반성(涅槃城) : 불교에서 극락을 이르는 말.

바람의 상처

거침없는 바
그댄 날 칭하여
바람이라 한다만,
아는가?
내겐
무수한 상처의 아픔이 있음을

혹여 들어봤는가?
나의 처절한 울부짖음을,
그댄 고통에 찬 나의 울음에
귀곡성 같다며
소름 끼쳐 하지 않았던가?

둘러보면
나의 무수한 생채기들
뾰쪽하게 혹은 뭉툭하게
산과 들에 너부러져 있는데

천년을 두고
만년을 두고
상처의 고통을 인내하며
생채기 지워가는 고통의 숙명,
이것이 나의 운명인 것을

아침이란다

벗이여, 보아라! 솟아오른 빛을,
저 빛의 광명 됨으로 인하야
너와 나의 삶이 운명지어졌나니
가슴엔 뜨거운 열정을 깨워 사랑을 품고
머리엔 샘솟는 지혜를 깨워 슬기를 품어
팔다리 즐거이 휘둘러 춤을 추듯 누비고
창조에 창조를 거듭 거듭 더하고 더하여
누리고 나누어 풍족함이 세상에 넘치게 하라

손안에 펼쳐진 꿈

골목길 내달아 뛰놀던 어린 소년은
한여름 턱까지 차오른 가쁜 숨 몰아쉬며
언제든지 '위잉' 더위를 식힐 수 있게
손안에 작은 선풍기가 있었으면 했었지

골목길 내달아 뛰놀던 어린 소년은
뉘엿뉘엿 저무는 황홀한 석양빛 아래
로봇 태권브이 만화영화 시간에 쫓기며
손안에 작은 텔레비전이 있었으면 했었지

골목길 내달아 뛰놀던 어린 소년은
할머님 오셨다고 찾아 나서신 어머님보고
언제든지 '나와라 오버' 할 수 있게
손안에 작은 무전기가 있었으면 했었지

골목길 내달아 뛰놀던 어린 소년은
흰머리 듬성대는 중년의 나이가 되어
어릴 적 이랬으면 했던 꿈들을 쥐었고
손안에 세상을 펼쳐도 보고 수학계산도 하지

골목길 내달아 뛰놀던 어린 소년은
이제 골목을 떠났고 뛰노는 소년들도 없지만
학원 가방 둘러메고 사라지는 소년들 손안에
어떤 꿈을 쥐고 꿈꾸는지 앞날이 궁금하네

아이야!

아이야!
저기 길을 나서 눈물짓는
앳된 아이야!
울지 마라
네 가얄 길 험한듯하다 해도
걷는 걸음걸음 땀방울 식혀주는 풍광들이
수천만 년 다져놓은 길이라 하더구나

아이야!
저기 길을 나서 눈물 훔치는
장한 아이야!
두려워 하덜 마라
네 여린 두 발이 밟아갈 저 길 속에
닳아 둥글려진 작은 돌부리가
수천만 년 걸어 넘겨도 일어서 가더란다

아이야!
저기 길을 나서 당당히 걷는
불굴의 아이야!

멈추지 마라
네 가얄 길 쉬엄쉬엄 가랜다지만
길가 푸른 그늘 아래 하얀 백골들이
수천만 년 그렇게 일어설 줄 모른다더구나

아이야!
저기 길을 나서 앞서 걷는
빛의 아이야!
가리지 마라
네 굳건한 두 발이 디뎌간 저 길 속에
보석처럼 빛나는 발자국들이
수천만 년 뒤 따를 이들 갈 길이라 하더구나

아름다이 누려라

생각은 생각하는 만큼

넓어지고 깊어지며

그릇은 무엇을 담을 것이냐에 따라

그 크기를 달리하여 만들어진다니

소년, 소녀들이여!

가슴을 열어 생각을 깨우고

깨어난 생각 속에 각성한 자아로

아름다운 세상을 누릴 그릇을 빚어라

세상은 더없이 아름답고

누리고 나눌만 하나니

또라이 재고(再考)

옛말에 모난 돌이 정 맞는다고
나 또한 또라이에 정질 했었지
근데 말이야 정 맞은 또라이가
어느새 동글거려 빛을 내잖아

변화를 모르는 난 겁쟁인데
이 저리 뚜들 맞은 또라이들
그 일탈 속에 번뜩인 빛들이
세상 속 변화를 몰고 오잖아

가만 가만 살펴보아 또라이
옛날에도 또라이들 기인였어
세상 삶 모를 듯한 또라이가
돌아보면 역사 속 빛이잖아

화보(畫報)

책장에 꽂혀 있는
책 한 권을 잡아본다
그 속엔 참 예쁜 꽃이 있고
또 이름들도 있다
노란 꽃의 애기똥풀, 민들레, 고들빼기 꽃
오가며 보메 알지 못했던 잡초들
제각각 제 이름 있다 뽐내고 있다
명아주, 지칭개, 개여뀌, 꽃다지, 참방동사니…
언제 누가 지어줬는지 참 어여쁜 이름들,
지난여름 작은 논에 풀 약으로도 어찌 못한
그냥 잡초였던 것이 제 이름 택사란다
어릴 적 동무 우산대라 만들어 놀던 풀이
제 이름 참방동사니란다
계절은 겨울인데
푸르던 지난 여름날만큼 푸른 사진들이
책장으로 푸른 공기를 내뿜고 있다
어느 지인의 땀방울이던가?
그 의지의 불꽃 얼마나 많은 이들
눈앞을 열고 또 비추게 될까?
앎의 지혜가 책장에서 빛으로 깨고 있다

승빙(乘氷)

애야!
네 순백의 가슴에다
승빙을 심어 키우지 말아라
백지마냥
순결한 설원에 솟구친
뾰쪽한 역고드름에
제일 먼저 네가 다치고
네 부모 형제
그리고 네가 사랑하는 이들이
한없이 아파하고 다친단다

애야!
참으로 어리석은
못난이 삐딱한 아이야!
네 가슴이 순백일 때에는
성결한 흰빛으로 빛나더니
네 가슴에 가시를 키워
누구를 찌르고 있는지
가만히 둘러보렴

그 뿌리가
이미 네 가슴에 깊숙이 박혀
네가 아프고
또 그 고통 속 몸부림으로
네 주변 사람들을 찌르고 있지 않니?

애야!
착한 아이야
너는 커서 꼬랑지 살랑이는
개새끼는 되지 말아라
사람이란
아무리 잘나 보이는 사람일지라도
결코 신일 수 없단다
네가 가끔은 실수를 하듯
그 또한 사람이기에
그럴 수밖에 없단다
그러니 네가 그를 존경하거나
깊이 사랑한다면
무작정 꼬랑지 흔들어대며

으르렁거리는 개새끼 되지 말고
가끔은 한 발 물러서 바라보고
혹여 잘못인 듯싶은 것이 있거들랑
잘못은 잘못됐다 바르게 말하는
사람다운 사람이 되어
네가 존경하고 사랑하는 이가
역사 속 지탄받는 우를 범치 않도록
굳건하고 바른 디딤돌 되거라

* 승빙(乘氷): 고드름이 땅에서 하늘로 자라는 역고드름을 말함.

옥석의 구별

옥이라 하여
다 보석이라 할 수 없고
돌이라 하여
다 잡석이라 할 수 없나니
옥석을 가리려는 자
어찌 경망되이
순간의 번뜩임에 현혹되랴

인권과 민주의 이념이
옥처럼 귀하고
빛나는 것임에 틀림없지만
스스로 귀함을 타고 난 원석도
누군가의 손에 다듬어져야
보석으로써 가치가 부여되는 법이니
어리석은 무지랭이 떠벌림처럼
무엇이든 내 맘대로가
자유요 민주주의라는 망상에 빠져
사회의 기강을 흔들고
개개인들의 권익을 침해한다면
공공의 질서는 제재를 가해야 할 터,
옥이라 하여 다 옥일 수만은 없더라

불신사회

보이는 것이 다가 아니며
들리는 것 또한
다가 아닐 수 있음이니
신뢰로 굳건했던 믿음은
대중의 신뢰를 도구화했음이라
상식적으로 황당스런 것들만큼은
한 번 그리고 또 한 번
거듭 되새기고 숙고할 까닭이네

제6부

촛불 밝히고픈 밤

촛불 밝히고픈 밤

왠지 특별한 듯한 이 밤!
가만히 촛불 하나 밝히곱다

촛불의 따사론 빛으로
녹아내리는 어둠 속에서
물끄러미 숨 쉬어보고 싶다

어둠이 녹아내리는
안온한 촛불 곁에선
숨 쉬는 것만으로도
간절한 기도일 듯싶다

병실의 기도

개나리 진달래 벚꽃에 백목련
화사로이 피어 흩날리는 향기가
민들레 홀씨로 흐트러지고
되돌릴 수 없는 이별이 되어
서러웁지 않게 하시옵소서
하여 사월의 꽃처럼 환한 웃음이요
햇살을 누리는 축복으로 영글어
축복도 축복인 줄 모르게 하소서

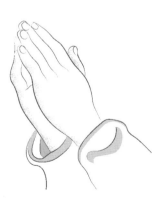

흔들리고 싶을 때

술을 마시고
술에 취하면
작은 바람에도
흔들릴 줄 아는 갈대처럼
흔들릴 수 있다기에
투명한 이슬처럼
맑은 술 한 병을 더 비우고
어둠이 깊고 깊어
고요 짙어진 밤길을
이리저리 흔들흔들
이리저리 비틀비틀
붉디붉은 열꽃
온몸에 돋우고 가노라
맴맴 맴돌고 돌아
저기 저곳으로
나만의
날 위한
나의 시 읊조리며
짙푸른 어둠 속을 가노라

느림보 달팽이처럼

어둠을 달고 사는 가슴 가슴마다
푸르게 흐드러진 들판에서
농약 치는 일도
비료 뿌리는 일도 다 잊을
느림보 달팽이의 여유를 접종하자

어둠을 달고 사는 가슴 가슴마다
논두렁 밭두렁 어슬렁대며
풀잎 꽃잎마다 맺힌
맑은 이슬방울 영롱한 빛을
느림보 달팽이의 여유로 접종하자

이렇게 느림보 달팽이의 삶 속에
신선한 햇살과 바람이 빚어낸 먹거리로
어둠을 품고 사는 이들을 배 불리고
그들의 아픔을 치유하는
느림보 달팽이의 여유를 접종하자

단풍 물든 날

바스라기는 낙엽이
푸른 하늘 곱게 날던 날
날아내리는 낙엽 한 장
고이 손에 받아들고
계절을 그려놓은 잎맥을 따라
떨리는 손끝이 간다

이 순간이 누군가에게
하찮은 찰나일지라도
뜨거운 감성이
성스런 의미를 부여하였기에
손안에 낙엽은 무거워
온 힘이 심장에 쏠린다

힘을 잃어가는 손끝에서
낙엽의 교성은 높아지고
그 소리 희열인지 비명인지
알 수 없는 당혹감에
서투른 탐색을 마치며
단풍 물든 붉은 낯으로 간다

세상의 재발견

병원 로비에서 우연히 마주친
그림 한 점에서 세상을 본다

대상의 과장과 화려한 색상,
아니 꿈을 꾸듯 몽롱한 색상!
어느 맑은 동심의 아이가
하늘에서 갓 가져온 듯한
따끈따끈한 세상 바라보기

세상은 신의 축복으로 빚어진
완벽한 낙원일 수도 있음이라
하여, 감사하는 마음만 열면
신의 축복 속 낙원에 있음을
행복 속에 자각할 수 있으리

하늘에서 온 지 얼마 안 된
아이의 눈으로 감사하였네

빗겨선 관계

거기서 거기까지,
더 이상 다가갈 수 없는

한 걸음 더 다가서면
날카로운 가시 끝에
심장을 관통당하고야 마는
그래서 우리 관계는
거기서 거기까지

따뜻한 미소로 마주 보는
거기서 거기까지

빛나는 꿈의 나라

누구의 아름다운 꿈이런가?
누구의 행복한 노래이런가?
이 땅의 산하에 차고도 넘쳐나는
풍요의 꽃대들은 창공을 뒤덮는데
누구의 아름다운 꿈이요
누구의 행복한 노래이랴!
아름다운 천상의 노랫소리
푸르른 숲에 울려 퍼져
황금들을 출렁이나니
이 풍요와 이 자유로움은
뉘 공덕의 발원이었기에
내가 여기 이 땅에 있어 누리며
신선한 호흡 속에 미소 지는가?
사랑스런 그대 고운 손을 잡고
꽃 만발한 산하에 향기 좇아
자유로운 노래 되어 흘러가서
세세토록 향기 되어 흐르려니
지상낙원 영원토록 빛나고 빛나라
빛나고 빛이 나서 빛으로 찬연하라

꽃씨를 받다

꽃 화사롭던 계절을
향그럽기만 한 그녀가
고운 손으로 받아낸
나팔꽃 채송화 꽃씨들을
한 줌 건네줍니다

마음은 형체가 없지만
존재하죠
누군가는 마음을
씨앗에 비유하던데
한 알 작은 씨앗이 움터
넉넉한 그늘을 드리우듯
씨앗을 건네고 받는다는 것은
마음을 주고받음이었습니다

끌림의 중심

물이 흐르듯

바람이 흐르듯

끌리는 마음이

자연스레 흘러가서

격하게 소용돌이쳐

결집되는 곳,

그곳에

그대 있어라

별처럼 이슬처럼

영롱한 빛 발하면서도

한없이 애잔한 그대!

비상(飛翔)의 염(念)

한껏 날아오를 수 있는
자유의 날개를 활짝 펴고
망망대해의 파도 위를 날아
하늘을 지배하는 갈매기의 꿈은
어데 닿아 있었게
저리도 거침없이 비상하는가?

봄볕 아래 새 생이 움트고
거침없는 바람이 휩쓸어가며
파도 한 조각 갯바위에 바쉬져
찬연한 물보라로 비상하는 바
아득한 날 신의 섭리는 무엇이었게
갈매기의 날갯짓에 사념이 이는가?

천공을 자유로이 오를 수 있는
저 날개는 천사의 날개이려니
날개를 꿈꾸는 한 인간의 염은
천상에 그 뜻을 세웠음이라
염의 염은 소망의 발원이 되고
비상의 꿈은 천상에 닿았어라

내 가슴에 종소리

목자님 말씀이
주 하나님께옵선
우리와 함께한다셨으니
내 눈에 고와 뵈는 저 꽃이
네 눈에도 고와 뵌다면
저 꽃은
주님의 눈에도 고와 보이리

목자님 말씀이
주 하나님께옵선
우리들 마음에 거한다셨으니
너의 선한 행함이
내 가슴에 감동의 울림을 주고
다른 이들에게서도 그러하다면
주님의 가슴에서도 그러하리

제7부

평범의 축복

평범의 축복

차려진 음식들을 가리지 않고
맛나게 먹을 수 있다는 것이,
두 발로 걷고 뛰고 말하며
듣고 볼 수 있다는 것만으로도
얼마나 큰 축복인지 아시나요

언제나 더 많은 것들을 원하며
더 안락한 일상들을 탐하지만
주어진 그대로의 평범한 일상들이
행복한 삶임을 자각할 수 있다면
그 얼마나 큰 축복인지 아시나요

오늘도 스스로 아침을 깨어
찬연한 아침 햇살 앞에 나서며
오감으로 인지되는 모든 것들을
아름다이 누릴 수 있다는 것이
축복된 삶임에 감사할 거예요

나비의 꿈

훨훨 하늘을 낮게 나는
한 마리 나비의 꿈은
아득한 하늘에 있지 않을지니
사뿐히 나풀대는 나래짓으로
초록의 언덕과 푸른 들에서
꽃을 다투어 시기치 아니하고
편을 갈라 투쟁치도 아니하더라

나는 태생이 한 마리 나빌지니
어둠의 하늘을 빛나는 별이 아니요
밝은 햇살로 세상을 밝히는
뜨거운 태양은 더더구나 아니려니
초록이 숨 쉬는 들녘에 서서
산야초로 꾸며낸 식탁 위로
한두 송이 들꽃을 꽂으리라

행복한 날궂이

가을빛 고운 세상으로
나들이 나서려던 휴일,
아침부터 비가 내렸네

게으름뱅이 아침식사 후
아내는 부침개를 한다며
감자랑 양파를 갈아 달라네

사각사각 감자를 까고
숭덩 숭덩 양파랑 썰어 넣어
믹서기로 곱게 갈아주었네

고소한 아내의 공간에서
마주 앉아 부침개를 먹으며
좋아라 웃어 깔깔대었네

깔깔대다 커피숍에 가잤었는데
마주 웃다 보니 나서긴 글렀지만
함께여서 마냥 좋은 날이었네

시가 있는 아침

아침,
눈부심을 뒤로하고
조간신문을 펼쳐보면
그 속에 시가 있어
하루가 즐거웁다

날이 밝으면 아름다운 것들은
긴 밤을 어찌 참았나 싶게 많다지만
꽃도 아닌 것이 꽃보다 곱고
향기로울 수 있다는 것은
시인의 가슴이 따사한 때문일 것이다

몇 줄의 주옥같은 문구들이
영혼을 적시는 맑은 여울물로
또는 가슴을 적시는 아리한 추억으로
삶의 풍광을 엮어놓은 사슬이 되어
새날을 여는 연결고리를 내밀고 있다

씨밀래와의 삶

씨밀래는
삶에 기쁨이요
편안한 스승이라
기쁜 삶을 곁에 두고
편안한 스승을 모셨으니
삶이 다하는 날까지
이 세상
어찌 아니 아름다우랴

*씨밀래: 이탈리아어 음악용어 'simile(악보에서, 먼저 연주한 부분과 같게 연주하라는 말)'에서 비롯된 외래어로 "영원한 친구"란 의미로 현재 사용되고 있다.

어린아이로의 나들이

유월로 접어든 날
나들이 가잔다
세상이 오염됐을지라도
어느 한구석 맑음이 있는 곳
거기, 그곳에서 놀아보잔다

지참물은 피터팬의 마음씨
나이는 상관이 없단다
맑음이 흐르는 강가에서
검붉게 익어버린 오디를 따먹고
녹영(綠影)된 강물을 뚫고
은빛 별들이 솟구치는
그 강가 바로 거기로…

너와 나
별들을 주워 담고
흐르는 강물에
낚싯줄을 띄워나려
저어만치 떠나가버린

동심을 끌어올리잔다

까르르르
웃음으로 번져드는
맑음 만치
맑아진 마음속에
잠을 깨 발화된 씨앗 하나가
콧잔등에서 먼저
벌겋게 피어올랐다

만족할 줄 아는 삶을 위하여

저기 어둠 속에 빛나는 것은 무엇인가요?
황금빛 초롱진 구슬들이
나뭇가지마다 반짝이며 밤을 밝히고 있는데
너무나 아름다운 마법의 구슬들이
문명의 열매로 맺히어 밤이 또 이렇게 아름답다고,
낮과 밤은 상반된 것만이 아니라
이어진 또 하나의 아름다움이라 말을 하는데
낮만을 찬양했던 나는 밤 또한 찬양해야 하는가요?
낮은 낮의 아름다운 만물들이 좋고
밤은 밤만이 만들어낸 반짝이는 빛의 보석들이 좋아
이래 좋고 저래 좋아라 희희낙락 살 수 있다면
나는 나를 갖고 나의 삶을 살아가는 주체가 아닌
배부른 돼지로 전락하고야 마는 건가요?
그렇담 어쩜 만족을 모르는 철인(哲人)보다
행복한 배부른 돼지의 삶도
낫지 않을까 생각해봅니다
만족할 수 있는 행복한 삶을 위하여…

행복 속에서 굳이 행운을 찾으려 마세요

아내와 산책길에
클로버 군락지가 있어
네 잎 클로버를 찾아
아내에게 건네주고파
클로버 앞에 쪼그려 앉자
아내가 멈춰서 뭘 하냡니다
네 잎 클로버를 찾는다 답하자
아내가 웃으며 말합니다
"행복 속에서
굳이 행운을 찾을 필요 없잖아요."
아내의 이 말 한마디에
행복 속에서
행운을 찾으려 애썼던 것이 쑥스러워
얼른 자리를 털고 일어나
아내와 행복한 산책을 즐겼습니다
아내와 함께한 산책길에는
화사로운 꽃들이
싱그러운 녹음 속에 피어 있었고
찬연한 햇살의 광휘를 노래하는

산새들의 청량한 지저귐 속에
함박웃음 짓는 아내를 마주 보며
나도 흠뻑 웃고 있었습니다

＊ 세잎클로버 꽃말=행복, 네잎클로버 꽃말=행운.

가을이 깊어지면

가을이 깊어지면
마당 한편에 향그러울
그윽한 향 국화 한가쟁이
싹둑 끊어다가
사랑하는 이들 둘러앉아
사랑을 살찌우는
맛깔스런 식탁에 꽂아야겠네

포동포동 살 오르는
사랑의 두께에 향을 더하며
사랑스런 눈빛으로 둘러앉아
국화꽃 그윽한 향기 속에
행복을 활짝 꽃피워야겠네

따뜻한 가슴으로 살다

이보시게!
사람이
산에 오르다 보면
올라선 높이만큼
시야도 넓어진다지만
살다 보니
산기슭에 머물러
노니는 이들도
그들만의 행복이 있더라네

살아온 날들을
돌이켜 보노라면
산 정상에 오른 이들보다
산기슭에 노니는 이들이
더 행복해 뵈더라네

그래서 그런지
머리로 사는 이들보다
따뜻한 가슴으로 사는 이들이
사람 내음 폴폴 나는 것이
더없이 행복해 뵈더라네

채송화

곱되

큰 키로 뽐내지도

덩굴로 남을 타올라

기생하지도 않고

낮게 낮게,

그러나 곱고 화려하게

뜰에 꽃피운 채송화야

네게는 뿌리내릴

한 뼘의 땅과 햇살

그리고 지나는 빗방울이면

그저 그렇게 족하였구나

청포도 익을 무렵

칠월, 폭염의 후끈한 열기를
푸른 구슬다발에 알알이 담아내고
낮은 그늘로 바람 들일 무렵
소녀는 소년의 손을 잡고
소꿉장난 살림방을 차렸네

엄마의 작은 솥단지에
하얀 모래밥이 익어가고
깨어진 황토 화덕조각들은
아빠 손에 곱게 갈리어
엄마 밥상에 고춧가루가 됐네

풀잎, 꽃잎, 낙엽도 찬이 되는
눈으로 먹는 미식의 시간
눈만으론 만족할 수 없어
청포도알 하나씩 입에 물고
상 찡그리면서도 웃고 있었네

제8부

있는 그대로의 행복

있는 그대로의 행복

행복하냐 물으신다면
행복하다 말하렵니다
정말 정말 행복하냐?
다시 물으신다면
또다시 행복하다 말하렵니다

꽃 피는 향그러움 속에
날마다 싱그러운 아침을 깨고
햇살의 찬란함을 노래하는
은빛 물결 반짝임을 곁에 두고
임과 함께 마주 웃고 있는데
어찌 아니 행복할 수 있겠습니까?

호숫가 그녀

구름 한 점 없는
맑푸른 하늘빛을
짙푸른 빛으로 담아낸
맑다란 호숫가

해맑은 웃음 터뜨리며
좋아라 두 팔 벌려
나폴나폴 뛰어간 그녀가
찰랑이는 호숫가에 멈추어
뒤돌아 환한 미소 지었네

파란 하늘
파아란 호수 속
그 미소가 너무나 눈이 부셔
나도, 나 모르게 웃고 있었네

추파(秋波)를 그리며

가을날의
결 곱고 아름다운 물결은
그 빛이 미녀의 눈빛과 같다 했던가?
한 번의 눈짓만으로
사내의 심근을 옭아매는
마법의 거부할 수 없는 눈빛!

추파 일렁이는 호숫가에
작은 텐트 하나 치고
하루 낮과 하루 밤
그리고 또 하루 낮을 머물고 싶네
머무는 날 밤은
맑고 큰 달밤이었음 좋겠네

아름다움의 무게

그대여!

사랑하는 나의 임

한없이 어여쁜 이여!

그대에게

팔 하나를 내어주려니

살포시 베고

곁에 누워주시구려

그대 고운 숨결

자장가 삼아

아름다움의 무게를 재어 보려오

사랑하노니 그대여!

그대여!

오, 나의 그대여!

그대와 나

본디 뿌리를 달리했으나

이제 한몸이 되었나니

그대여!

어설피 기대어 의지하는

불협화음 속 마찰은 끊고

연리지(連理枝)되어,

그렇게 온전한 하나로

하나 됨으로

한 생을 더불어 향유하는

아름다운 햇살 속에

뿌리 깊숙이

얽어진 사랑으로

향그런 결실을 꿈꾸리니

그대여!

나 그대 더불어

연리지 되오매

세상은 더없이 아름답다오

*연리지(連理枝): 두 나뭇가지가 서로 맞닿아 결이 통하는 것. 화목한
부부나 남녀 사이를 비유적으로 이르는 말.

너의 미소

한 송이 꽃이 있어
주변을 환히 밝혔듯
꽃 같은 너의 미소가
내 가슴을 환히 밝히고
환한 빛의 축복으로
아립따이 번져나가
감사로운 세상이 되었네

너의 환한 미소가
내게 행복으로 피어났듯
너와 더불어 함께하는
우리 환한 웃음이
세상 속 환한 웃음이요
밝은 내일로 행진하는
걸음 중 하나였음 좋겠네

축복의 콩깍지

아침을 깨면 네가 빛나고
빛나는 너의 아우라로 인하여
사랑스런 너를 중심으로
주변마저 아름다워 보이는 것,
그리하여 콩 볶는 심장으로
사랑하며 아름다운 세상을
행복 속에 살아가는 것이려니
이 얼마나 축복된 콩깍지런가?

솜사탕

아내와 나들이 나선 오후
반백의 나이에
몽글몽글 솜사탕이 곱길래
그 달콤함에 빠져들고파
솜사탕 하나 사달랬더니
방긋 웃고는 솜사탕장수에게
"솜사탕 하나 주세요." 한다
솜사탕장수의 동그란 통 속에
휘휘 돌아가는 구름자락들이
마법의 작대기에 살찌워지고
활짝 웃어 받아든 작대기 위로
샤라랑 동심의 달콤함이 달다
예쁘게 입 벌리고 웃는 아내에게
몽롱한 구름조각 뜯어내어
사르륵 달콤함 먹여 주고
나도 한 입 베어 물고
깔깔깔 웃음 흘리며 걷는 길은
달큰한 구름으로 피어올랐다

아름다운 그대

아름다운 것 있나니
사랑하는 사람이라
사랑에 눈뜬 그대 앞에
아름답지 않은 이 뉘 있으랴?

꽃보다 곱단 그 말
사랑하나 품으면 아나니
꽃보다 고운 그대로 인하야
세상마저 아름다이 채워졌네

거리를 가득 메우고
분주함으로 지나치는 저들,
저 얼굴 얼굴마다 꽃이네
아름다운 꽃 꽃이네

꽃반지

봄날을 찬미하던
꽃들의 합창이 막을 내리고
세상이 녹음으로 거듭난 길을
아내와 다정히 거닐다 보니
시계꽃 하얗게 향기로워
꽃 두 송이 뽑아다가
예쁜 꽃반지 하나를 만들어
아내의 손가락에 묶어 줍니다

보잘것없는 꽃반지에
맑은 웃음으로 손 내밀어 주는
언제나 곱기만 한 아내를 보며
나도 동심으로 돌아가 미소 지으며
속으로 웅얼거렸습니다
"보잘것없어 뵈는 세 잎 클로버가
행복이란 꽃말을 갖고 있대요
당신이 있어 참 행복합니다"

꽃꽂이

아내와 식탁에 마주 앉아 밥을 먹다가
문득 아내가 꽃인 듯 곱기에
불현듯 말을 건넵니다
"대야에 물 떠다 발 담가주고 싶다."
아내는 밥을 먹다 말고 뭔 말이냐는 듯
동그란 눈으로 바라봅니다
"각시가 꽃인 듯 이뻐서 꽃꽂이하려고…."
나의 말에 아내는 농담인 줄 알고
까르르르 맑게 웃어댑니다만
정말 꽃처럼 고와서 꽃꽂이하듯
아내의 발밑에 대야를 받쳐주고 싶었습니다

우산 속 연인

한 우산은 접어 메고
반 가슴 품 안으로
야리여린 어깨
꼬옥 감싸 안고,
쏴아아~
물빛 투명한 왕관들이
순간을 명멸하며 반기는
장엄한 무대 위로
투두두둑…,
우산을 거침없이 난타하는
힘찬 행진곡에 발맞추어
당차게 빗물 올려 차며
꽁냥꽁냥 걸음 하는 걸음마다
사랑하는 마음의 무게만큼
연인에게 더 기우는 우산대,
한쪽 어깨가 젖어들어도
한 우산이 마냥 좋기만 하고
한낮의 대로변에서
꼬옥 품어 안고 걸음 하면서도

뜨겁지만 부끄럽지 않은
비 내리는 우산 속은
황홀한 축복이었네

*꽁냥꽁냥: 신조어로써 연인끼리 가볍게 스킨십을 하거나 장난을 치며
정답게 구는 모양.

제9부

그대의 무지개

그대의 무지개

무지개를 쫓는 삶 속에서
한없이 고달프고 지친 자여!
무지개를 찾아 산을 넘고
거친 황야를 달려 강을 건너도
껄떡이는 숨 넘김에 공허함만이
그대를 피폐케 하였더라면
그 자리 그대로 주저앉아
잠시 거친 숨 고르며
한 모금 물로 목을 축이고
또 한 모금 물을 입안에 머금어
허공에 한껏 뿜어 보시게
그대가 그토록 애타게 쫓던 무지개가
그대 의지로 그대 눈앞에 나타나리니

결실의 때

짊어졌던 짐이었을까?

너여, 나여!
천수로도 씻기지 않을
색색이 색깔 배당 중이네

봄 초록에서
푸르던 여름까지,
한 생의 노고로움들이
값진 색깔 배당으로
색의 무게를 쌓아가고 있네

참 열심히들이었고
하여,
배당은 차고도 넘쳐
누군 벌써
무게를 감당할 수 없어
바람을 날아가고 있네

빈 잔을 마주하고

속 비운 빈 수레가 요란하단 말이 있다지만
속을 비워낸 목탁이 맑은 소리를 내듯
비움의 미학으로 심장을 들어낸 그가 말했네
"산은 산이요, 물은 물이다."라고,
배움이 크고 수양이 깊어질수록
익은 벼가 고개를 수그리듯 하는가 보다
짧은 한마디 말일지라도 쉬 이해가 되는 반면
그 가르침의 크기는 태산과 같으니 말이다
빈 수레 요란한 소리는 이리저리 틀고 꼬길 잘해서
별것 아닌 가르침 일지라도 수무고개놀이를 하며
듣는 이가 쉬 이해 못 함에 제 자신을 뻐겨대네

천재와 둔재의 차는 백지장 한 장 차라던가?
각성한 이가 본다면 도토리 키 재기하듯 우스운 일,
웃음을 머금고 시선을 내려 보니 빈 잔 하나가 있다
속이 텅 빈 채 소리마저 없는 하나의 빈 잔…
속이 비었다고 제소리를 내기만 하는 것은 아닌가 보다
앞에 놓인 빈 잔 하나의 의미는 채움에 있는 것,
비움과 채움은 연속성을 지녀 연관 있다지만 별개듯

산은 산일 뿐이고 물은 물일 뿐인데
있는 그대로 보지 못하고
겉치레에 목숨 거는 빈 쭉정이판 오늘이라지만
잠시 속을 비워낸 듯 텅 빈 내가 거기 있었고
빈 잔 너머로 잔을 채워 줄 좋은 벗들이 있었네

무주암에 누워

산새도 쉬어 넘는다는
문경새재길,
옛길은 울울창창
수림을 비집어 오르는데
길가 무주암(無主岩)엔 술독이 없네

아, 새재길 오르내리던
풍류객은 어디 갔으며
목 축여 흥 돋우었을
주인 없는 술독은
아련한 전설되었다냐

풍류 쫓아
바람이 되고 물이 되어
깊은 골 새재길에 들어 널 만났으니
시간이야 산새들이 노래하라 하고
널프덕 드러누워 하늘 마주하려네

*무주암(無主岩): 문경새재 옛 길가에 자리한 바위명으로 무주암 곁에 술독을 놓아 새재를 오르내리는 이들에게 술을 파는 무인주막 이었다 함.

들꽃처럼

눈보라 휘몰아치고
비바람 산야에 거세어도
때가 되면 포롯이 움터 올라
화사롭게 꽃피우는 들꽃처럼
자유롭고 발랄하게,
그리고 무엇보다
강인한 생명력으로
그 어디에서든
너만의 아름다움으로
화사로이 화사롭거라

쌀과 보리

백옥빛 새하얀 쌀밥으로
입안에 감미로이 녹아나는 쌀,
너는 고결한 군자를 닮아
황금빛으로 여물어서는
다소곳이 고개를 숙인다지

검으틱틱한 보리밥으로
입안에 까칠하게 겉도는 보리,
너는 세파 속 민초를 닮아
황금빛으로 여물어서는
뻣뻣이 고개를 곧추든다지

겸손의 미덕을 배우고 익혀
스스로 자아를 구현한 군자도,
세파에 맞서 질곡 진 삶 속
굳건한 생애를 이어온 민초도
쌀과 보리처럼 나를 살찌우네

축복된 나날들

때가 되면 봄비 내리고
들판 가득 포롯이 움터
화사로이 꽃피우나니
따사한 햇살도
신선한 바람도
청량한 강물도
그저 주어진 축복이라

축복을 축복인 줄 몰라
축복 속에 헤매이다가
삶이란 온통 축복이요
기적의 연속임을 보매
어찌 아름답지 아니하며
어찌 사랑스럽지 아니하리

아, 달콤한 결실 이후
이 세상 다하는 그날이 오면
또 다른 세상이 천국에 있어
천국의 환희는 풍요롭고 안락하여

이 세상 그 무엇보다 곱다 하였으니
믿음이 굳건함에 두려울 게 있으랴

등천(登天)

.

해안가 모래밭에
모래 한 알이
밤하늘 별을 보며
푸른 바다 흰 파도에
몸을 던져 봅니다

푸른 바닷물은
깊고 깊고 넓고 넓어
모래알은 씻기우며
하염없이 헤매우며
별을 잊었나 봅니다

저 너른 바닷물이
잔잔한 날 속에서
일렁이는 햇살을 품어
빛으로 빛으로 토하며
울컥 치올라 뿌려집니다

어느 날 모래알은
또다시 해안에 서서
햇살에 메말랐거니
밤 바닷내 젖은 이슬로
밤하늘 별을 봅니다

밤이슬 젖은 작은 빛이
밤하늘 별빛을 닮았는지
이름 없는 작은 별 하나
바람 탄 빛을 빚어보자며
네 자리라 품어줍니다

올려보는 모래알은
밤 별빛 하나하나
영롱한 빛이었기에
부끄런 손 가지런히
살짝궁 옮겨봅니다

삶의 쉼표

삶 속
문득 마주치는
마침표.
그 작고 완벽한
원의 굴레에 빠져
옥죄어 오는
중압감에 억눌리거든
작은 삐침으로 깨어
돌파하는 쉼표,
삶에 쉼표 하나
꾸욱 찍어보세요

나눔의 축복

감정을 나눈다는 것은
신기하기도 하지
슬픔은 줄여주는데
기쁨은 배가시키니,
사람과 사람이 만나
서로 눈을 마주하고
감정을 나눌 수 있다는 것은
삶을 아름답게 하는
신이 주신 또 하나의 축복이야

자연인의 삶

삶 속 비우고 내려놓아라

경전들은 앞다퉈 말한다지만

무거운 눈꺼풀을 내려놓아

세상 만물의 상들을 내려놓고

들숨과 날숨 속

날숨으로 수시로 비워내며

이에 더해 배설로써 또 비워내나니

자연인으로서의 삶에

굳이 비우려 애쓰며

내려놓을 것이 또 무어랴

여정의 끝

삶과 죽음이 모두 내 안에 있음이니
죽음 앞에 섧거나 두렵지 않게 되길
그저 포롯이 돋아 고운 빛 물들었다가
우수수 날려 비워내는 잎새 생애처럼
그 길이 단풍처럼 가벼웁고 황홀하길
갈바람 같은 신의 부름에 감사로웁길

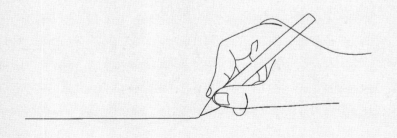

에필로그

상형문자인 사람 인(人) 자의 형상은 두 사람이 서로 기대어 선 모습을 형상화한 글자라 합니다. 그리고 사람을 가리켜 사회적 동물이라 함 또한 사람이 홀로 존재하는 존재가 아니라 함께하는 존재임을 말함일 것입니다.

우리는 우리 삶에 있어 함께하는 좋은 분들이 주변에 계신 까닭에 삶의 순간순간 힘겹거나 혹은 외롭고 슬플 때 위안이 되어주기도 하고 힘이 되어주기도 하기에 누구나 삶에 있어 없을 수 없는 고난의 순간들을 슬기롭게 극복해내고 건강한 삶을 영위해 나가는 것이 아닐까 싶습니다.

저 또한 어리석고 부족한 시구이나마 몸담고 있는 '한국문학작가연합' 동인분들의 가르침과 격려에 힘입어 이렇게 용기를 내어 시집이라고 세상에 선보이게 되었습니다.

항상 격려와 힘이 되어주시는 감사로우신 동인분들의 격려 말씀으로 글을 맺을까 합니다.

감사합니다.

고상돈 시인의 시집발간에 부쳐

내면의 깊은 울림과 설득력 있는 어휘들과 문장의 구성력이 작품을
접하는 이들에게 오랫동안 깊은 인상으로 남으리라 봅니다.

<전성재 시인>

먼저 『슬픈 시의 침묵이 올 때까지』 첫 시집 출간을 진심으로 축하
드립니다.

'첫'이란 단어가 많은 걸 의미하듯 첫 마음으로 문단에 발을 내딛고
오랜 세월 그 올곧은 성품으로 한결같은 첫 마음으로 그 누구보다 작
품 활동에 적극적이고 열정적이었던 고 시인의 세월의 농축된 흔적들
이 드디어 빛을 보게 되어 기쁘다.

오래 발효시켜 내놓는 시만큼 그의 독특한 시 맛 또한 무척 기대된다.

어쩌면 그 많은 세월 동안 그만의 시 세계를 구축하느라 겨울처럼
겸손하게 침묵하고 있었는지 모른다.

<유미란 시인>

직지의 고향 청주를 떠올리면 올곧은 성품의 고상돈 시인이 떠올려진다. 자신에 대하여 엄격하며 타인에 대해 배려심이 높은 시인이다.

　흔히 글은 마음이라고도 하는데 미사여구로 쓰는 글이 아닌 삶의 관조를 나타내는 글을 읽어보면 시류에 얽매이지 않고 사유의 진솔함과 성실함이 달콤한 사과 향기인 듯 배어 나온다.

　시인의 과한 겸손으로 늦은 감이 있지만, 이번 첫 시집이 세상을 살찌우고 독자들에게 오래도록 가슴에 남는 대화의 창구가 되길 기대해 본다.

＜윤인환 시인＞

　고상돈 시인의 시는 힘찬 역설이 있는가 하면 잔잔한 여울이 있다. 슬픈 이야긴가 싶으면 뚜렷한 삶의 긴장 속으로 이끌어가고, 한 발짝 물러서는 지혜를 깨우치게 한다. 오래전에 문단에 나와 시인의 눈으로 바라본 세상은 결코 순탄치만은 않았다. 참고 인내하며 삭히고 삭힌 갈망과 갈등이 어떠했는지는 시의 제목만 봐도 알 수가 있다. 등단하자마자 시집을 내고 싶어 하고 시집 발간을 독려하는 게 보통이다. 묵히고 삭혀두며 치열했을 고상돈 시인의 마음결이 비로소 환하게 피어났다. 그리하여 함께 가는 길은 행운이다.

＜최대승 시인＞

감사합니다

분에 넘치는 덕담과 격려의 말씀을 주신 동인분들에게 다시 한번 거듭 감사의 말씀을 드립니다.

고상돈

슬픈 시의
침묵이
올 때까지

펴 낸 날 2024년 3월 8일

지 은 이 고상돈
펴 낸 이 이기성
기획편집 이지희, 윤가영, 서해주
표지디자인 이지희
책임마케팅 강보현, 김성욱
펴 낸 곳 도서출판 생각나눔
출판등록 제 2018-000288호
주　　소 경기 고양시 덕양구 청초로 66, 덕은리버워크 B동 1708호, 1709호
전　　화 02-325-5100
팩　　스 02-325-5101
홈페이지 www.생각나눔.kr
이 메 일 bookmain@think-book.com

• 책값은 표지 뒷면에 표기되어 있습니다.
  ISBN 979-11-7048-667-1(03810)